KB036574

노오란 호박꽃 어머이
어머니

초판 1쇄 인쇄 2015년 8월 10일

지은이 주치명

펴낸이 김영선
기획 · 편집 이교숙
디자인 차정아 · 김대수

펴낸곳 (주)다빈치하우스-미디어숲
주소 서울시 마포구 독막로8길 10 조현빌딩 2층(우 121-884)
전화 02-323-7234
팩스 02-323-0253
홈페이지 www.mfbook.co.kr
출판등록번호 제 2-2767호

값 12,000원

ISBN 978-89-91907-67-6 (03810)

이 도서의 국립중앙도서관 출판예정도서목록(CIP)은 서지정보유통지
원시스템 홈페이지(http://seoji.nl.go.kr)와 국가자료공동목록시스템
(http://www.nl.go.kr/kolisnet)에서 이용하실 수 있습니다.
(CIP제어번호: CIP2015020624)

노오란 호박꽃 어머이
어머니

주치명

미디어숲

책을 펴내면서……

그 힘든 농사일에
손발이 다 닳도록
고된 섊,
눈물이 다 마르시도록
고달파 우시는 우리 어머니여!

그대는 소박한 노오란 호박꽃 한 송이로 피어
올망졸망 풋호박처럼 풋풋한 정을
우리에게 베풀어 주셨지요.
남자는 여자를 울리면,
웃길 줄도 알아야 한다는 그 말씀에
우리는 어머니의 웃음 철학으로 또 한 번 성숙했습니다.

헌신적인 삶을 살아오신 우리 어머니!
벌써 아흔두 번째 생신을 맞이하였음에
이 못난 불효자식은 『노오란 호박꽃 어머이 어머니』 시집에
제 진심을 가득 담아 축하드리고자 합니다.

아무쪼록 밝은 세상 밖으로 내미는 수줍은 꽃봉오리처럼 칠년 만에 부끄러운 시집을 또 내놓게 되었습니다.

아직 미약하고 부족한 글임에도 불구하고 이해와 성원을 보내주신 독자 여러분과 동기동문 여러분께 심심한 감사를 드립니다.

출간에 도움을 주신 미디어숲 편집자 여러분께 고마움을 전하고 문예진흥기금에도 진심으로 고맙다는 말을 전하고 싶습니다.

항상 가정을 위해 노력하는 사랑하는 아내 옥명숙과 사랑스러운 아들 은빈, 딸 지은에게도 이 작은 시집을 선물하고 싶습니다. 정겨운 누이동생 명숙과 우리 형님 가족 친지 여러분, 저를 아시는 모든 분께 축복을 빌며 행운과 행복이 가득하시길 기원합니다.

2015년 8월
아름다운 거제도에서 연당 주치명

차례

1장 주름진 어머니의 갯바람 울음 속으로

2장 사랑꽃

3장 고향 율포 갯마을 속으로

4장 그 울음의 리을을 살짝 바꿔서

1장

주름진 어머니의
갯바람 울음 속으로

노오란 호박꽃 어머이
어머니

까칠
　까칠 호박잎은
어머니의 손바닥이고
보들
　보들 호박꽃잎은
어머니의 귓볼이다
여리고
가냘픈 호박 넝쿨은
지푸라기 하나 잡을 길 없는
어머니의 손길
　　　　　그 손길 위로
찬 이슬 머금은 노오란 호박꽃 어머이
　　　　　　　　어머니

푸른 호박
　누런 호박 덩어리마다
어머니의 그리움이 익어가고
허물어지는 초가지붕 위엔
이는
갈바람뿐

 땅은 땀으로

땅은 땀으로
그 뜨거운 뙤약볕에도
풀을 매신다
손발이 다 닳도록
풀을 매신다
긴 고매밭을
땀 저린 우리 어머이께서
아모 말없이

16

고메

아나, 고메 무라
목모칠라
김칫국
보푸리에
　타박이

아나, 고메 무라

땅울림

어머니 내 어머니
낮이면 낮마다
우리들이 다칠세라
노심초사 파도 되어
밀리며 쓸리며
자갈돌 되게 어루만져 주시고
모래알 되도록 쓰다듬어 주시던 바다의 어머니
우리 어머니

18

어머니 내 어머니
밤이며 밤마다
우리들이 아플세라
근심 걱정 초승달 되어
떠가며 서성이며
대나무 되게 비추어 주시고
초가돌담 되도록 감싸주시던 달의 어머니
우리 어머니
이제는
눈물마저 말라버린 주름진 어머니의 갯바람 울음 속에
가슴 팍치며 속울음으로
땅바닥 구르며 땅울림으로
이 못난 불효자는 웁니다
소리 없이 웁니다

약손

묵꾸지바 묵다
술 술 내리가라
토담굴뚝 같은 투박한 우리 조모 손으로
체한 내 등을
막 뚜드리고
묵꾸지바 묵다
술 술 내리가라
가마솥 아궁이 같은 거칠은 우리 옴마 손으로
약한 내 팔을
막 훑어내리네

누우런 호박 덩어리

콩고물 찰떡 빚는
우리 어머니의 끈끈한 속정인가
누우런 호박 덩어리
초라한 초가집 청마루 위에
퍼질러 앉아 달빛 졌네

불작대기 땔감 쪼는
우리 아버지의 따뜻한 겉사랑인가
누우런 호박 덩어리
허름한 기와집 흙 마당 위에
쪼그려 앉아 햇빛 타네

 한가위

한가위 보름달이 두
　　　　　둥실 뜨면
아궁이 속에
활활 타는 따스한 장작불마다
아버지의 훈훈한 정이 들나고
가마솥 뚜껑 위에
노란노란 익는 구수한 호박전마다
어머니의 달콤한 사랑이 오간다
행님들의 새 검정고무신에
얼씨구
　　절씨구
달무리 흐르고
누이동생의 새 때때옷에
아리랑
　　쓰리랑
달빛이 흐른다
...

우리 철없이
뛰놀던 흙 마당 위에
긴 달그림자 지는데
토닥토닥 잔불 속에
어리는 정든 초가집이여!

 자귀나무

사랑스러운 소쌀밥나무로
쟁기질하는 한 눈 잃은 큰 소에
써레질하며 헛기침하던 작은 소에
든든한 먹이가 되었더냐
정 어린 싸구다리나무로
방패연 날리는 우리 형님들의 십자얼레에
문어연 날리는 내 일자 자새에
튼튼한 틀 힘이 되었더뇨
효행스런 자귀나무로
뼈저림(강제징용)과 **뼈**아픔(6·25 전쟁)에
홀로 가신 우리 아버지 곁에
훈훈한 말벗이 되었더냐
그 곱디고운 작은 꽃과 그윽한 향기 풍기며
못난 나보다 더 높은 연보라빛 하늘과
더 넓은 연초록빛 땅을
온누리에

개꿈

그리운 우리 할머니가 흥얼흥얼 꿈을 꾸신다
도, 도, 도둑이야!
도, 도둑 잡아라!
대창문을 활짝 열어젖히며
고래고래 고함을 친다
그 밤도둑은 온데간데없고
우리 소 외양간에
소들만이 새근새근 잘도 잔다
갓 나은 새끼송아지를 어미 소 품에 꼭 안고서
깔깔 까르르
정겨운 우리 할머니가 꾼 꿈이 개꿈이라서

 한 마리 솔개가

한 마리 솔개가 옛 장군목에서
요란하게 울고 있다
가쁜 숨을 몰아쉬는 우리 아버지께서
(일본 강제징용, 6·25 전쟁 백마고지 전투,
양 허벅지와 왼쪽 가슴에 폭탄 파편상)
뻗어 나온 푸른 가지를 낫으로 치시며
절 데리고 뗄 나무를 지고 올라간 노자산 땅갈밭에
새우 든 바짝 마른 나무 단에 칭칭 감은 더덕넝쿨
더덕냄새와 금방 싼 듯한 산돼지 똥에
김이 무럭무럭 나기까지
산돼지가 막 뛰쳐나올 것 같은 기분에

묵묵하신 우리 아버지께서
작은 지게의 나무 한 단을 꽂아 주었을 때
얼른 어깨에 걸머지고
이리쿵저리쿵 단숨에 내려온 서당 터
지게를 내려놓고 산바람에 땀을 식히며 바라보던
바닷가 우리 초가집이 그리워
종종걸음으로 큰 고를 건너다가 한쪽 멜방이 터졌을 때
그 따뜻한 손길로 열한두 살 먹은 작은 어깨에 꼭 맞도록
고쳐주신 자상한 우리 아버지께서
그립도록
애 닳도록 우짖는 그 솔개였다는 것을
죽기 살기로 다시 태어난 그 솔개였다는 것을

 물고메

노배 저어 타고요
돛배 밀어타구다
우리 조모님 시집오실 때 싸온 씨 고메요
물렁물렁 욕지 물고메다

가마솥이 타는 줄도 모르고요
구둘장이 녹는 줄도 모르구다
우리 조모님 군불 때실 때 삶은 단 고메요
물렁물렁 욕지 물 고메다

누가 묻는지요
딸랑 한 개밖에 없데다

솔개

언덕에 뒹굴고
절벽에 부딪혀
피투성이 된 알몸뚱이가
떨어져
나뒹구는 동백꽃처럼 붉다
죽기 살기로
또다시 태어난 강인하고도
용맹한 솔개
그 빠져버린 낡은 깃털과 뽑혀버린 닳은 발톱
꿈결처럼 새로 자라나
그 울음소리 한번 요란하다
앵록산 푸른 솔밭에서

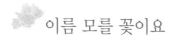 이름 모를 꽃이요

이름 모를 꽃이오
　세상 모를 일이오
　　안타까운 내 맘이오
생생한 꽃 앞에 서서
우물쭈물 하는데
아내가 한 가지 툭 끊어 손에 쥐어줘도
슷비슷비
하얀 꽃잎 속에 연분홍 꽃잎이요
이것이 벚꽃인지요
저것이 매실 매화꽃인지요
아무튼 길 가던 우리들이 몰라도
옛 돌담에 기대어 서서
그윽하고
　은은한 꽃향기를 풍기네요
이름 모를 그 꽃이요

－아내와 함께 산책 중에

 옛 돌담

그리운 애비가 쌓아올린 옛 돌담 위에
힘겨운 애미가 심은 호박 넝쿨이 치렁치렁하여도
그 뜻을 모르는
푸르스름한 애기 호박 덩어리가 졸망졸망하여라

향수

한가위 보름달이 뜨면
보고픈 친구랑
다감스런 마을 사람들이
축 늘어진 단감 나뭇가지 끝에
노오란 단감같이
두리

　　둥실
반기는 돌담 위에서
물들어가고

한가위 보름달이 지면
그리운 어머니랑
다정스런 우리 가족들이
뒤엉크러진 호박 넝쿨 속에
누우런 호박 덩어리같이
두리

　　살짝
기다리는 밭둑 위에서 익어간다

－거제중앙신문

32

2장

사랑꽃

수선화

사랑이 지려 하면
  사랑이 다시 피는
굳센 의지의 꽃대 끝에
포로록
  포로록
한 송이 그 연분홍 수선화꽃만이
영원하리라

중앙신문(2006. 11. 23. 250호)
월간거제(2006. 12월호)

 울쩍새

새야
밤이면 밤마다
소쩍
　　울쩍
슬피우는 새야
쌍쌍이
피어나는 두견화 꽃잎 속에서
울쩍 울쩍꿍 우는 두견새야
짙어오는 먹구름 속에서
소쩍 소쩍꿍 우는 소쩍새야
짙어가는 단풍잎 속에서
울쩍 울쩍꿍 우는 불여귀야

뽈뽈이
흩어지는 함박눈 속에서
소쩍 소쩍꿍 우는 귀촉도야
그 정든 님이
먼 산처럼 그립고
흐르는 강물처럼 아쉽더냐
날이면 날마다
기다리는 내 마음 같이
소쩍꿍
　　울쩍꿍
구슬피 우는 새야
울쩍새야

연꽃

빌고 빌어 다공 연꽃연못에
공들여 놓은 징검다리 건너서
그린 임 뵈올까
설레는 마음이야
넙죽넙죽한 파아란 연잎 새로
하얀 연꽃
　분홍 연꽃
　　주홍 연꽃
노랑 어리 연꽃 송이송이로 피어오르는데
만나고
헤어지는 것도
숙명적인 운명이라서
...

 들꽃 연정

지리한 장마통에
애절한 나의 순정이
아름다운 너와 나의 연정으로 피워 오를 수 있을까
올망
　졸망 피어 흐드러지는
향기로운 들꽃이여!
너의 노오란 꽃술에
고운 정을 맺어 나누고
하아얀 꽃잎에
참다운 사랑을 피워보리라

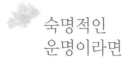 ## 숙명적인
운명이라면

사람보다 더 외롭고
쓸쓸한 잔별을
눈 속에 넣고
이리저리 굴리었더니
현란한 마음이 별똥별처럼 사라지고
사람보다 더 그립고
답답한 반달을
몸속에 품고
이리저리 뒹굴었더니
산란한 마음이 조각달처럼 멀어진다
그런저런 인생살이가
슬픈 별처럼
　아픈 달처럼
숙명적인
　운명이라면
설레며 뜨고
　아쉬워하며 지자

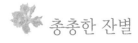 총총한 잔별

낮은 밤하늘의 맑은 달이 그립고
밤은 낮하늘의 밝은 해가 그리워서
늘 허전한 우리들의 텅 빈 마음속에
꿈과 사랑을
가득
　가득
채워주었지요
헤아릴 수 없는 총총한 잔별들도 떠서

애화

주고받는 사랑이 삶의 진리입니까
피고지는 꽃이 자연의 섭리입니까
적적한 세상에
사랑이 없었더라면
허허벌판에
꽃이 피지 않았더라면
우리는 어떻게
정을 나누고
뿌리를 땅에 내리었겠습니까
영원한 사랑이여!
아름다운 꽃이여!

애사월

꿈꾸는 사월은
아름다운 사랑의 계절
행동하는 풀잎마다
약동하는 나뭇가지마다
꽃 피고
　새 울면
너와 나 따뜻한 정으로
손과 손을 맞잡고
우리 포근한 사랑으로
가슴과 가슴을 얼싸안을 때
그 영원한 사랑의 봄꽃 노래는
구름 한 점 없는 아늑한 하늘을 우러르고
바람 한 점 없는 땅을 아러르니
이 향긋한 사랑의 꽃향기를
다 함께 만끽하지 않으리오
아, 꿈꾸는 사월은
아름다운 사랑의 계절

사랑스런 노오란 개나리꽃

시샘하는 꽃샘바람에
곱은 어린 손끝에 들린 작은 초롱등 불빛처럼
간들
간들 꿈을 꾸며
추운 낡은 초가집 처마 끝에 걸린 큰 호롱등 불빛처럼
흔들
흔들 희망을 부르며
피어나는 노오란 개나리꽃들이 싱글벙글어진다
그립던 내 사랑
내 곁으로

옹이

그 상처받은 사랑의 자리가
바라만 보아도 안타까워서
생각만 하여도 아쉬워서
가녀린 내 두 손으로 어루만져 본다
살아온 옹골진 삶이 대견스러워서

참 삶

어서 산보하라
어서 산책하라
그대의 발길에
부스럭
바스락
휘날려
뒹구는 잡념과 괴로움의 낙엽 끝으로
그대의 눈길에
불그레
발그락
솟구쳐
떠오르는 꿈과 희망의 태양 빛으로
어서 산보하라
어서 산책하라

사랑꽃

당신은
그리운 당신은
무슨 꽃향기이기에
이토록 날 만취하게 합니까
파도 부서지는 낮이면 그리워서
별빛 흩어지는 밤이면 외로워서
그리움이여!
사랑함이여!
그 보고픈 얼굴은
바람 맞은 내 가슴속에서
영원히 지워지지 않는 은은한 하이얀 배꽃입니다
나의 끈끈한 사랑꽃입니다

샛별

새침한 별이 멀어질까
그리운 내 마음속에
맑게
　밝게 빛나는데
저 멀리 뜬 별은
그대 아름다운 샛별인가요

 진한 꽃

초롱등꽃 봉오리에
맺은 사랑은
나의 첫사랑인가
　　　풋사랑인가
호롱등꽃 송이에
피는 사랑은
나의 참사랑인가
　　　거짓사랑인가
그 진한 꽃이 시들어
　　　떨어져 버린 뒤에
서럽도록 그립고
　　　　　아쉬워서
우러르는 하늘은
높고 푸르러라

만월

두둥실 지샌 밤을 어찌하오
두리둥실 그리워서 지샌 밤을 내 어찌하오
그 복스런 얼굴에
포근한 마음으로
조요하는 은은한 달빛에
두둥실 지샌 밤을 어찌하오
두리둥실 보고파서 지샌 밤을 내 어찌하오
저 달도 차면 말없이 기우는데

쑥

한 번 떠난 옛 임은
영_영_영_ 돌아오지 않고서
그때 그 들길에 쑥들만이
쑥_쑥_쑥_ 돋아나네
봄비에
젖는 내 사랑 그리움처럼

 군자란 꽃

쭉쭉 뻗은 화살
그 군자란 꽃줄기 끝에
홍아한 얼굴은 누구

획획 굽은 활대
그 군자란 잎사귀 위에
청아한 마음은 누구
그 누구인가
쏜살 향기 내뿜는
그립고
　아쉬운 황진이
그 아름다운 황진이인가

 사랑의 빛을

온누리에 사랑의 빛을
골고루 비춰주십시오
햇빛에 그을린 누우런 호박꽃이
투박한 호박 덩어리가 되도록
달빛에 젖어 든 흰 박꽃이
순박한 박 덩어리가 되도록
한마음 한뜻으로
두루두루 비춰주십시오

 하아얀 목련꽃

솔직 담백한 꽃
여운이 남아 아련한 꽃
그리움이 더해 목이 매여 가련한 꽃
못 다 이룬 사랑에
아쉬워 애련한 꽃가지마다
고독한 여인의 흘린 눈물 그대로

 정든 님

하늘을
지붕 삼아
땅을
바다 삼아
푸른 숲
아름다운 곳
탐스러운 열매가
주렁주렁 영글어가는 풍성한 가을 속에서
도란도란
오순도순
알뜰살뜰
오래오래
살고 싶어라
우리 정든 님과 함께

말 섬

한마디 말을 할 때마다
소근
소근
아름다운 사랑을 속삭이듯 내리는 보슬비처럼 말하라
보슬
보슬
겹겹이 연분홍 꽃잎 속에 섬이 울고
청청이 연초록 잎새 끝에 염이 우는 그리움 같이

 그 불꽃

그 영원한 진리의 불꽃이 활활 타오르리다
너와 나의 진실한 사랑의 작은 불씨로
그 가난하고
척박한 어두운 세상을
훤히
밝혀주리다

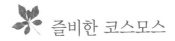 즐비한 코스모스

순백 빛 코스모스 그 만남 속에서
우리들의 사랑은
꽃향기만큼 아름다웠나요

다홍빛 코스모스 그 헤어짐 속에서
우리들의 미움은
연잎사귀만큼 부끄러웠나요

분홍빛 코스모스 그 기다림 속에서
우리들의 삶은
잔뿌리만큼 행복했나요

즐비한 코스모스
　　　　코스모스

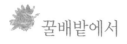 꿀배밭에서

가느다라한 배나무 가지에
너의 손길이
파르스름한 배 잎에
너의 숨결이
곱스레한 배꽃술에
너의 머릿결이
보드레한 배꽃 잎에
너의 마음결이
싱그레한 풋배에
너의 귀여운 얼굴이
나날이
  다달이
    익어가는
그
그리운 꿀배밭에서 살리라

3장

고향 율포 갯마을 속으로

그늘진 큰 포구나무

왁자한 매미 떼 우짖는 벽시골 큰 포구나무 그늘 아래
정겨운 어르신들의 푸념에
꿈, 농사, 사랑방 얘기까지 하다 보면
어느새 해가 지고
즐거운 아이들의 소꿉놀이에
연지, 곤지, 꽃단장까지 하다 보면
어느새 물이 드는데
내 잠들지 않는 푸른 포구총 소리는
정든 내 고향 율포 갯마을 속을
펑...펑...펑... 울리고 있다

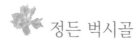 정든 벅시골

그 우거진 푸른 사대나무 밑에
노란 파란 사대잎 따라 바람개비 만들던
시루떡 바위 밑으로
곤한 우리 어머니 새우잠을 주무시던
빼떼기 바위가 있다
익은 포구 따다 꽃뱀 만났던 포구나무 가지 아래에
앞다투어 타던 미끄럼틀 바위 뒤로
개구쟁이 친구들과 숨바꼭질할 때
꼭꼭 숨었던 굴 바위가 있다
그네를 타고 꽁치 주낚 망을 보고 또 낮잠을 자던
큰 포구나무 옆에
자동차 운전놀이를 하듯 큰 자리바위 뒤로
고독한 우리 아버지 홀로 앉아 계시던 두부바위가 있다

그리고 다정한 친구들과 가짜 내기장기 오목을 두던
홍합바위
내 형님들과 목감하고 몸을 말리던 절편바위
뱃놀이도 하고 문조리도 낚던 통통 배 바위
내 누이동생들과 빨강, 노랑 색동과 솔껍질을 주워
소꿉놀이를 하고
두꺼비집 모래성을 쌓고 길을 내어 돌차놀이를 하던
그 정든 벅시골은 즐거운 우리 놀이터인데
새끼줄 친 떼동나무 사이로 멍하니 서서 길목만 지키는
천하대장군 벅꾸야!
지하여장군 벅시야!
다 같이 다함께 놀지 않고서

 푸른 사대나무

빽빽한 푸른 사대나무 가지 끝에서
신비로운 샛노란 사대나무 잎 하나가
비스듬히 누운 내 둥글넙적한 놀이 바위 위로
아롱아롱 떨어지는데
웬 섧은 눈물일까
철없는 내 팔랑개비로 빙―――빙
그 에워싼 썩은 사대나무의 아픔인 것을
속이 텅―――텅 빈

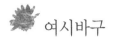 여시바구

그 옛날 긴 꼬리 여시가 살았다는
그 어시어시하고
　무시무시한 그 벅시골 여시바구 속에서
금방이라도 그 여시가 뛰쳐나올 것만 같아
게 옆걸음 치듯 살살살 피해
그 옆 주렁주렁 열린 뽈간 뽈똥을
새떼처럼 입을 쭉 빼고 살짝이 따 먹고
그 밑 송송 샘솟는 모래밭 맹물을
소떼처럼 목을 쭉 빼고 황급히 퍼먹고서
갯돌 서너 개를 집어 들고
살금살금 무성한 뽈똥 나무 새로 기어올라
뚫린 굴 틈새에다 막 던져넣는데
그 말 많던 여시는 온데간데없고
갯돌 굴러 떨어지는 소리만 와자작 나더라

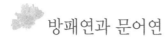 방패연과 문어연

정든 내 고향 거제도 잊을 수 없는 파아란 하늘가에
내 어릴적 얼레질로
띄운 하얀 옛 방문 같은 방패연이
나는 독수리 날개 모양의 검은 눈에
동그란 물레방아 입으로
올내년에도 근하신년이라 보리밥 보리밭 소리치며
지금도 들바람에
그리운 율포 노자산 꼭대기보다 더 높이 나르고

내 어릴적 자쇠질로
띄운 누우런 옛 박바가지 같은 문어연이
우는 갈매기 부리 모양의 붉은 코에
짧고 긴 초가지붕 지푸라기 새끼줄꼬리로
올내년에도 대풍년이라 쌀밥 벼논 소리치며
아직도 갯바람에
그리운 벅시골 뒷산 등성이보다 더 높이 나르는데

 공곶이

가파른 생의 돌계단마다
시퍼런 종려수 이파리가 나부끼고
새빨간 동백꽃 봉오리가 나뒹굴어도
힘겨운 일에 묻혀서
그 아픈 외로움을 잊고 살았노라
굽은 삶의 몽돌담마다
시퍼런 후박나무 이파리가 뒤꺾이고
샛노란 수선화 꽃송이가 뒤흔들려도
정겨운 사랑에 빠져서
그 슬픈 그리움을 잊고 살았노라
…
아, 아쉬운 굵다란 몽돌밭 공곶이여!

보고 또 보고 봄꽃을

오랜만에 우리 색시
봄나들이 갔네
봄꽃 구경을 갔다 왔네
하아얀 매화꽃
빠알간 동백꽃
노오란 개나리꽃도 보고 또 보고
발병까지 났네

오실리

먼 송토골 재 넘어서
오실리
정든 님
오실리까
굽이굽이 아름다운 노자산 산길 따라
연분홍 진달래꽃 송이송이 피어나는
그리운 내 고향 율포 갯마을로
오실리
곱게 곱게
오실리까

 바람개비

그리운 갯바람에
사대나무 잎으로 만든 바람개비가
똥글똥글한 찔레열매 가지 끝에 매달려서
빙빙 돌아간다
내 어릴 적 꿈결 같은 추억 속으로
내 정든 숨결 같은 고향 율포 갯마을(벅시골) 속으로
빙글빙글 돌아간다
그 기쁜 일 슬픈 일을 휙휙 감고서
노랗게
　파랗게

72

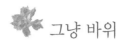 그냥 바위

제 눈으로
뒹구는 낙엽을
흘러가는 구름을
떨어지는 들국화를
볼 수만 있다면
제 귀로
스치는 바람 소리를
구비치는 냇물 소리를
지저귀는 산새 소리를
들을 수만 있다면
그냥, 멍하니 서서
맘 맘속으로만 새기진 않으리
심심한 앵록산 기슭에서

일환짜리 일원짜리 인생

그 옛날
일환짜리 일원짜리 인생이 좋았는데
오원짜리 십원짜리 인생도 그나마 좋았는데
오십원짜리 백원짜리 인생이 너무 힘들고 고달파서
소 몰고 팽이 치던 그때 그 시절
그 아련한 추억 속으로 돌아갔으면 좋으련만

그 옛날
일환짜리 일원짜리 인생이 정말 좋았는데

74

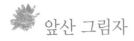 앞산 그림자

길게 드리운 앞산 그림자
고요한 연초천 맑은 물 위 여울짐에
무슨 피치 못할 사연이라도
그 무슨 하고픈 얘기라도 있는 것일까
상기된 붉은 얼굴로
길 가던 나를 빤히 쳐다보며
무어라 중얼중얼
피.. 피난민들 한 많은 피난민들
낡은 천막 앞에 앉아서
그 이.. 이를 잡던 설운 이야기인가

활짝

누가
    그 어느 누가
불그레한 동백꽃 한 송이로
아름답게
향기롭게
동 트는 노자산 봉우리처럼
피어날 수 없을까요
외롭고
    쓸쓸한 내 마음속에
활짝

4장

그 울음의 리을을
살짝 바꿔서

우물

가벼운 박 바가지를
우물 속에 동동 띄워놓고서
동네 아낙네들이 주절주절 수다를 떤다
남의 흉
남의 험담에
음담패설까지 이리저리 늘어놓고서
희야
허야
해 지는 줄 모른다
펄펄 넘친 우물이 어디로 흘러가는지도 모른다

 꽃별 속에서

땅에 피는 꽃이 하늘에 뜨는 별이라면
하늘에 뜨는 별도 땅에 피는 꽃입니다
온 땅에
형형색색으로
아롱거리는 영롱한 꽃
온 하늘에
시시각각으로
반짝거리는 찬란한 별
그 아름답고도
향기로운 꽃들과
그 아련하고도
신비로운 별들에게서
영원한 사랑과 우정을
무한한 도전과 꿈을
우리들은
배우고
익혔습니다
그 거룩한 꽃별 속에서

 웃음으로

그 울음의 리을을 살짝 바꿔서
웃음으로
활짝 핀 꽃처럼
방실
  방실 웃고 살자
슬픔의 늪에서
괴로워하지 말고
기쁨의 숲에서
즐거워하자
저 지저귀는 새들처럼
정겹게
  정겹게

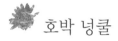 호박 넝쿨

초
  로
    록 초록빛이다
줄기찬 호박 넝쿨이
하나
    둘
허물어지는 돌담장을
돌 돌 도로록
가엾은 풋 감나무 가지를
돌 돌 도로록
흐느끼는 억새 풀잎을
돌 돌 도로록
끝없는 허공길을
돌 돌 도로록
그 아름다운 온정의 손길로
가난한 내 빈손까지
돌 돌 도로록 휘감노라

봄소식

벌나비야
　벌나비떼야
그리운 님의 고운 마음을
노오란 개나리 꽃편지에
써 보낼까
보고픈 님의 예쁜 얼굴을
연분홍 진달래 꽃편지에
그려 보낼까
…
기다리는 처량한 내 모습을
본체
　만체
향기로운 꽃밭 속으로
나풀
　나풀
　　날아든다

거봉

커다란 포도 알알이
　　　　송송이마다

땡글
　땡글
아내의 흘긴 눈길
그 찌들린 포도 한 알 따 먹으니까
궁한 입에서
　허한 뱃속까지
씁쓸
　얼얼하다

 불혹의 나이

삶의 등골이 해처럼 휘어
중천에 걸린 벌건 해가
뉘엿뉘엿 저물어간다
상기된 사랑의 얼굴조차도
뒤돌아볼 겨를 없이

갯바람

철썩
  철썩 밀물 속에
웃음 띤 희망이 밀리고
싸악
  싸악 썰물 속에
울음진 절망이 쓸린다
그래서일까
일렁이는 물결은
출렁이는 파도는
종잡을 수 없는 나의 삶
                나의 노래
고기떼 멀리 뛰고
갈매기떼 높이 날아도
바다는 저 희푸른 바다는

와르륵 사랑
스르륵 우정

욕지거리에
우리 사랑이
와르륵 허물어진다
돌담이 와르륵

주먹질에
우리 우정이
스스륵 무너진다
돌탑이 스르륵

 소낙비

비가 내린다
누가 누굴 울렸는지도 모르고
섦은 소낙비가 정신없이 내린다
주르룩 주욱
붉은 꽃송이 새로
주르룩 주욱
푸른 풀 나무 잎새로
비가 내린다
누가 누굴 울렸는지도 모르고
섦은 소낙비가 정신없이 내린다
얼마큼 더 내려야
메마르고
　갈라진 우리 땅심을
흠뻑 적실까

하루

일생에 하루밖에 없는
단 하루를
당신은 어떻게 보낼 것인가
부지런 게으름으로
착함 나쁨으로
기쁨 슬픔으로
사랑 미움으로
희망 절망으로
행복 불행으로
그 삶의 옳고 그름은 당신의 마음
인생의 운명은 맘먹은 대로

 풀나무 잎

푸르른 풀나무 잎은 거룩하신 땅의 손길
그 애틋한 무언의 손짓으로
슬픔을 기쁨으로
미움을 사랑으로
어둠을 밝음으로
빛나게 하시나이다
말하는 입은 없어도
그 싱그러운 잎
잎사귀
잎 그대로

 푸른 소나무

오래 전부터
내 심연에 심은 푸른 소나무들
그 향긋한 솔가지 하나
한파에 꺾일까
흰설에 얼까
혹시 병해나 입지 않을까
그 장엄한 경복궁 경회루 솔숲까지
자나 깨나 내 걱정인데
아직은
스치는 바람이 좀 차다

 가을 잎새

외롭고 쓸쓸한 나뭇가지에서
가없은 노오란 가을 잎새 하나가
그저 떨어질 날만을
기다리며
무표정한 얼굴로
슬프고 아픈 눈 딱 감고서
한없는 그리움으로
하늘하늘
가냘픈 손짓을 하고 있다
늘 그리며

 중용의 길

너무 과하지도 너무 부족하지도
그 어느 한쪽으로도 기울거나 치우치지 않는
선도 아니요, 악도 아닌 멀고 험한 중용의 길에서
우리들은 삶의 고통과 고뇌로
굽이굽이 돌아가는 길 벼랑 끝에 한 그루 노송처럼
그 얼마나 세풍과 싸웠던가
보일 듯이 아니 보이고, 잡힐 듯이 아니 잡히는
그 영원한 진리의 빛을 그리며
…
한순간도
게을리하여서는 안 될 그 소중한 삶의 길이기에…

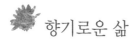 향기로운 삶

꽃 같은 향기로운 삶을 살려면
서로 의지하며
이해하고
양보하며
서로 부둥켜안아야 한다
어렵고
힘들수록
슬프고
외로울수록
더 따뜻한 정을 나누고
더 아름다운 사랑을 가꾸어야 한다
꽃이 피어 향기가 물씬 풍길 때까지

힘없는 약자

하늘에 강한 매조
땅에 강한 매화
새 중에 새
꽃 중에 꽃이라지만
하늘 위를 빙빙 돌다가
땅에 내려앉아 꿩을 잡아먹고
땅 위를 흔들흔들 거리다가
하늘에 피어올라 눈을 받아 먹고는
날름날름 둘 다 아닌 구경꾼들까지도 태연하다
힘없는 약자들은 목이 메어 할 말을 잃었는데
온 세상에 날개 활개 치는 강자들뿐

만추

볕은 벼에게 사랑을 주고
벼는 참새떼에게 사랑을 준다
그 아낌없는 참사랑에
외롭던 허수아비가 헐거운 춤을 춘다

 해돋이

우리 소망 다짐의 해야
신명나는 메구춤을 덩실덩실 춰라
흥겨운 오색골모를 빙글빙글 돌려라
아리랑 벌겋게
  쓰리랑 퍼렇게

−경인년 새해 아침에

늦가을

뙤약볕에
빙빙 맴도는 고추잠자리떼처럼
울긋불긋한 가을단풍이 붉게 물들어간다

끝없는 일, 일

일만 하는 바쁜 세상 사람들아
이유가 뭐냐
삶
사랑
오로지 돈
육갑하네
칠푼이
팔푼이들
구사일생
십년감수
일, 일만하다 죽겠네

 꽃들이

가냘프고
　여린 나뭇가지마다
　　　　　넝쿨 마디마다
　　　　　풀줄기마다
희붉은 꽃, 꽃, 꽃들이
맑고
　밝은 아버지의 영혼처럼
시리고
　저린 산하에
소리 없이 피고
　　　　　지는데~
아직도
갈라진 조국 땅은 아물지 않았는가
장맛비 그친 날처럼

 그 무정한 세월아

그 날개 돋친 듯 흘러가는 무정한 구름아
그 꼬리 치닫듯 흘러가는 무정한 강물아
너 오는 기쁨에
해가 뜨고
너가 는 슬픔에
달이 지노라

개미떼

아직 살아 꿈틀거리는 지렁이 한 마리를
개미떼가 질질 끌고 간다
살기 위해서인가
죽기 위해서인가
땡볕도 아랑곳없이
지구 땅 끝까지
질질 끌고 간다
한 치 앞을 못 보면서

은혜

나쁜 기억은 모래밭에 새기고
좋은 기억은 갯바위에 새기어라
베푼 사랑이
　　　파도 위에
　　　　하얀 물거품이 되지 않도록

악

무섭다
독보다 악이
보이지 않는 검은 손, 검은 마음이
선한 사람들을 죽인다
휘두르는 흉기에
붉은 피 튀는 무시무시한 세상
뺑소니치는 차바퀴에
붉은 피 도는 어질어질한 세상
과욕 때문일까
아님
나쁜 습성 때문일까

불개미
　독사
　　독버섯은
독하디 독한 독을 품었어도
저 아름다운 산야에서
서로 어울려 사는데
왜 사람들은
서로 못 잡아먹어 안달일까
독보다
　독한 악이여!
악하디 악한 사람들이여!

달

샛노오란 둥근달은
기뻐도 기뻐하지 않고요
새하아얀 반달은
외로워도 외로워하지 않고요
새파아란 조각달은
슬퍼도 슬퍼하지 않고요
한결같이
　우리 곁을
　　비추나이다

106

온난화

사람의 붉은 피가 굳고
지구의 푸른 물이 썩는다
체온계와 온도계 속에서
날아나온 붉은 불새떼가
킬리만자로의 만년설을
북극의 빙하를
남태평양의 작은 섬들을
집어
　　삼킨다

선인장

모든 것을
운명에다만 맡길 순 없다
있는 힘
그 사력을 다해
살고 싶다
뜨거운 사막 위에
마지막 선인장처럼

 나의 하늘

내 하늘엔 별이 없다
두 눈을 꾹 감은
나의 하늘엔 빛이 없다

차갑고 어두운 그곳에서
수면 밑 암초처럼 몸을 엎드려
쏟아지는 빛을 잃었던 나는

마침내
고개를 들어
절실한 그 눈을 떴다

순간 가슴으로 쏟아지는 별빛
그 속에서 따스함이 슬픔으로 터져 나오는 지금
내 하늘엔 별이 있다
두 눈을 크게 뜬
나의 하늘엔 빛이 있다

-딸, 주지은 시

운명

눈물이 뒤로 흐르던 날 밤
나는 별이 되고 싶었다
나의 운명을 위해

-아들, 주은빈 시-